Contes chinois

Contentes chinois

Le Bouvier et la Tisserande

Choisis et traduits par Lisa Bresner

Illustrations
d'Aurore de La Morinerie

Neuf
l'école des loisirs
11, rue de Sèvres, Paris 6e

Pour Solal

Loi numéro 49.956 du 16 juillet 1949 sur les publications
destinées à la jeunesse : septembre 2000
Dépôt légal : septembre 2000
Imprimé en France par Mame à Tours

Introduction

De la Chine mythique avec ses fées à la Chine du Moyen Âge avec ses énigmes, ce recueil de contes chinois nous fait voyager dans diverses « Chines ». Celle où l'amour s'exprime entre les êtres humains et les créatures célestes et celle où la sagesse rime avec ruses et humour.

Chaque conte a été choisi pour découvrir les facettes inattendues de cette Chine lointaine et si proche à la fois.

Le Bouvier et la Tisserande

Quand Niu Lang est né, la Voie lactée et les deux étoiles qui brillent de chaque côté n'existaient pas. Pourtant, chaque année, on fête en Chine le septième jour du septième mois car cette nuit-là deux étoiles se font face : l'une, à droite de la Voie lactée, s'appelle la Tisserande, l'autre, à gauche, le Bouvier.

I

Depuis son plus jeune âge, Niu Lang avait un seul ami, son buffle, aussi le surnommait-on le Bouvier. Le buffle était noir et très grand, ses cornes blanches, ses longs cils bruns en faisaient le plus beau de tous aux yeux du Bouvier. Niu Lang connaissait si bien son buffle qu'il avait parfois l'impression de l'entendre parler. Chaque matin, il partait tôt de chez lui et ne revenait qu'après le coucher du soleil. Il emmenait le buffle avec lui et toute la journée coupait du bois, retournait la terre de la rizière puis cueillait quelques fruits avant de rentrer chez lui. Le Bouvier venait d'avoir seize ans et sa sœur, qui était l'aînée, ne pensait qu'à une seule chose : trouver un bel et riche époux pour partir en ville se marier. Mais leurs parents étaient d'humbles personnes qui n'avaient pour toute richesse que leurs deux enfants, un buffle et quelques arpents de rizière. Tandis que la sœur du Bouvier – que l'on surnommait Fleur de Prunier car elle passait son temps à rêver sous un prunier – ne cessait de ne rien faire si ce n'est d'imaginer son futur époux et de pleurer parce qu'elle était trop pauvre pour le rencontrer, le Bouvier, lui, partait chaque matin avec le sourire et revenait tous les soirs plus joyeux encore.

– Pourquoi es-tu si heureux tous les jours, alors que tous les jours se ressemblent ? lui demandait Fleur de Prunier.

– Je ne sais pas, c'est peut-être grâce au buffle. Chaque jour on dirait le même, pourtant j'ai l'impression de mieux le connaître toutes les fois que le soleil se couche.

– Mais un buffle n'a aucune valeur ! répondit Fleur de Prunier en ricanant.

– Pour l'instant c'est la seule que je connaisse et elle me contente.

Ainsi frère et sœur passaient leurs journées, l'un content de sa vie, l'autre regrettant celle qu'elle n'avait pas.

II

Un soir, un événement inattendu se produisit qui devait les rendre très tristes. Leurs parents les appelèrent dans leur chambre.

Ils vinrent aussitôt à leur chevet et les virent pâles et tremblants.

– Maman ! Papa ! vous êtes malades ! s'écrièrent leurs deux enfants.

La mère se releva un peu sur ses coudes et dit :

– Mes enfants écoutez-moi, quand nous nous sommes mariés votre père et moi, c'était le même jour bien sûr. Ce jour-là nous avons souhaité de nous aimer mais aussi de mourir ensemble, le même jour, à la même heure.

– Il faut vous guérir ! s'écria le Bouvier.

– Nous sommes trop pauvres pour acheter des médicaments, dit Fleur de Prunier.

– Tu te trompes ma fille, s'exclama le père, nous ne sommes pas riches mais nous possédons un coffre rempli de jades. Ce sont des pierres précieuses, très précieuses… je les ai trouvées tout au long de ma vie en retournant la terre de ma petite rizière. Aujourd'hui elles te reviennent à toi mon fils car tu es l'aîné et le seul garçon. Ma maison, ma rizière et le buffle t'appartiendront aussi.

– J'espère, reprit la mère, que tu trouveras un bon mari pour ta sœur…

Sur ces paroles les parents du Bouvier et de Fleur de Prunier fermèrent les yeux et virent scintiller des étoiles sous leurs paupières.

Dès le lendemain Fleur de Prunier ne passa plus son temps à rêver d'un bel et riche époux, elle imaginait de quelle façon elle pourrait prendre les précieux jades que son frère possédait désormais. Le Bouvier savait qu'il possédait un trésor, un trésor qui pouvait changer le cours de sa vie… pourtant il s'en moquait et ne songeait surtout pas comme sa sœur à l'échanger contre de l'argent. Il gardait la clef du coffre avec lui et partait chaque matin comme d'habitude avec son buffle puis revenait le soir avec un peu de bois qu'il faisait brûler dans la cheminée pour y cuire son bol de riz.

III

Un soir quand il poussa la porte de la petite maison, il fut très surpris de voir un bon dîner servi sur la table. Fleur de Prunier lui avait préparé ses plats préférés et frottait ses mains couvertes de farine sur son tablier. Comme elle paraissait gaie et différente… Le Bouvier, ravi, allait remercier sa sœur et

IV

Comme le lui avait dit le buffle, le Bouvier partit vers l'ouest et franchit la montagne. Derrière l'autre versant il découvrit une immense plaine où s'étalaient des rizières à perte de vue. Non loin de là se dressait une riche demeure aux portes rouges et au toit doré. Le Bouvier prit le chemin de ce beau domaine et ne tarda pas à rencontrer l'homme dont lui avait parlé le buffle. Il était grand et portait une barbe blanche, ses petits yeux noirs inspiraient le respect et la crainte. Malgré son air imposant, l'homme esquissa un sourire et dit :

– Je suis le Seigneur aux Dix Mille Grains de Riz. Je vous salue jeune étranger, que faites-vous sur mes terres ?

– Je suis venu pour faire fortune, honorable Seigneur.

– Quels biens possèdes-tu ?

– Rien, si ce n'est l'habit que je porte.

– Quels talents possèdes-tu ?

– Je sais cultiver une petite rizière.

– Les miennes sont grandes et je n'ai pas besoin de cultivateur.

– Je sais ramasser du bois.

– Ici, il fait très chaud et nous n'avons pas besoin de faire de feu.

– Je sais cueillir des fruits mûrs.

– Chez moi, ce sont les femmes qui les cueillent. Je crois que je ne peux rien pour toi. Passe ton chemin jeune étranger.

À cet instant, deux paysans qui revenaient de la rizière avec leurs buffles s'arrêtèrent sur le chemin.

– Seigneur, Seigneur, les buffles sont malades, ils veulent tous se coucher et refusent d'avancer. S'ils ne labourent pas la terre, vous paierez toutes vos récoltes de riz.

– Mes buffles malades ! s'écria le

Seigneur, j'en possède au moins cent, quel médecin assez habile pourrait tous les guérir ?

Le Bouvier tendit timidement sa main vers le Seigneur aux Dix Mille Grains de Riz et dit :

– J'ai un talent que je ne vous ai pas révélé, je connais bien les buffles et peut-être pourrais-je en soigner quelques-uns.

– Si tu en soignes dix, je te donnerai une maison, si tu en soignes cinquante, je te donnerai la moitié de ma fortune, et si tu les soignes tous, tous les cent, j'exaucerai ton souhait le plus cher.

Le Bouvier mena dix buffles sur l'autre versant de la montagne et leur fit manger de l'herbe tendre et fraîche. Puis il les lança au galop pour qu'ils rejoignent le domaine du Seigneur aux Dix Mille Grains de Riz. Ce dernier crut entendre une avalanche puis le tonnerre et encore la foudre quand ses buffles dévalèrent d'un pas vigoureux les rochers de la montagne. Au loin, il entendit un tremblement de terre, vit surgir une inondation de perles noires, une bourrasque de buffles plus intrépides et fougueux les uns que les autres.

– Cher Bouvier, tu as guéri dix buffles et je te donne la plus jolie de mes maisons en récompense.

– J'en guérirai quarante autres, attendez !

Alors le Bouvier mena quarante buffles sur l'autre versant de la montagne et les fit manger de l'herbe tendre et fraîche. Puis il les lança au galop pour qu'ils rejoignent le domaine du Seigneur aux Dix Mille Grains de Riz. Ce dernier crut entendre une avalanche puis le tonnerre et encore la foudre quand ses buffles dévalèrent d'un pas vigoureux les rochers de la montagne. Au loin, il perçut un tremblement de terre, une inondation de perles noires, une bourrasque de buffles plus intrépides et fougueux les uns que les autres.

– Cher Bouvier, tu as guéri cinquante buffles en tout et je te donne la moitié de ma fortune en récompense.

– J'en guérirai cinquante autres, soit le troupeau entier, attendez !

Quelques instants plus tard, les cinquante buffles réapparurent aussi bien portants que le reste du troupeau.

Le Seigneur aux Dix Mille Grains de Riz prit la main du Bouvier et l'accompagna jusqu'à sa grande demeure aux portes rouges et au toit doré.

V

Un grand banquet fut dressé en l'honneur du Bouvier qui avait sauvé les cent buffles du Seigneur. Tout le monde se régala de mets et de nectars délicieux puis le

Seigneur demanda le silence et tous les regards se tournèrent vers lui :

– Très honorable Bouvier, comme je te l'ai promis en récompense, j'exaucerai ton vœu le plus cher. Parle et j'agirai.

Tous les regards se tournèrent alors vers le jeune homme. À la grande surprise des convives, le Bouvier resta silencieux, il se mordillait les lèvres comme s'il avait peur de parler.

– Tu as raison de réfléchir, dit le Seigneur, n'oublie pas que si tu n'avais sauvé que dix buffles, je t'aurais donné la plus jolie de mes maisons et que si tu n'avais sauvé que cinquante buffles, je t'aurais offert la moitié de ma fortune. À présent, tu peux souhaiter recevoir ce que j'ai de plus précieux, ma fille, par exemple, qui est assise près de moi.

La fille du Seigneur aux Dix Mille Grains de Riz s'appelait Jade de Printemps, car son visage était aussi pur et scintillant qu'un diamant. Depuis le début du banquet, elle avait gardé ses yeux rivés sur le jeune étranger. Malgré son apparence simple, ses habits rapiécés et ses cheveux en désordre, le Bouvier était si beau que Jade de Printemps l'aima aussitôt qu'elle le vit. Son père avait compris son sentiment, aussi venait-il de proposer au jeune homme de prendre sa fille pour épouse.

Jade de Printemps était impatiente d'entendre le Bouvier prononcer son souhait et lui souriait avec tendresse pour l'encourager à parler.

Le Bouvier se leva pour prendre la parole et, à la grande surprise de tout le monde, dit :

– J'aimerais demander conseil à un ami si vous me le permettez.

– Bien, dit le Seigneur, un peu étonné, va lui parler mais reviens vite.

Le Bouvier partit alors se cacher dans un petit pavillon au milieu du jardin. Il tira de la poche de son manteau une des deux cornes du buffle.

– Le moment est venu de m'aider, cher buffle, tu m'as dit que je trouverais un message et que je devrais le lire quand je me poserais une question importante à laquelle je ne peux trouver de réponse.

Le Bouvier glissa ses doigts à l'intérieur de la corne et déroula une fine bandelette de papier où il était écrit :

Quand tu rencontreras ta future épouse, elle portera aux pieds de très jolis chaussons brodés, sur l'un tu verras le dessin d'un dragon et sur l'autre un phénix. Seule la femme qui portera ces chaussons deviendra ta femme pour toujours. Ne révèle à personne ce secret.

Le Bouvier remercia le Buffle dans son cœur et traversa le jardin pour rejoindre le Seigneur et ses invités.

Tout le monde était curieux d'apprendre la décision du jeune garçon.

– Tu vas épouser Jade de Printemps, n'est-ce pas ?

Le Bouvier prit enfin la parole :

– Mais, avec votre permission, mon Seigneur, j'aimerais voir d'abord les chaussons de votre fille,

Sans attendre l'accord de son père, la jeune fille se leva et s'approcha du Bouvier. C'était la plus ravissante créature qu'il eût jamais vue. Elle était aussi gracieuse qu'un papillon, son visage ressemblait à un magnolia à peine éclos et ses pieds étaient aussi petits que des pousses de bambou. Ravi de ce spectacle, le Bouvier examina enfin les dessins qui étaient brodés sur ses chaussons. Hélas! ni phénix ni dragon ne décoraient le tissu, seulement un lotus et une fleur de cactus.

– Je ne peux pas vous épouser, déclara le Bouvier.

– Comment? s'exclama Jade de Printemps, ce sont mes pieds qui ne vous plaisent pas?

– Pas exactement…

– Ils sont trop grands?

– Non ce n'est pas ça…

– Ils sont trop petits alors?

– Ce n'est pas une question de taille…

– Enfin, jeune homme, interrompit le Seigneur aux Dix Mille Grains de Riz, expliquez-nous clairement pourquoi vous ne voulez pas de ma fille !

– Je ne peux pas vous le dire.

Jade de Printemps, furieuse, cria d'une voix pleine de larmes et de colère :

– Comment ce petit gardien de buffles de rien du tout peut-il oser me rejeter ? Qu'on l'enferme en prison jusqu'à la fin de ses jours !

Le Seigneur tenta de juger la situation avec plus de calme :

– Tu as raison, le Bouvier s'est montré ingrat. J'étais prêt à lui offrir tout ce que j'avais de plus précieux et il t'a humiliée. Cependant, il a sauvé mon troupeau de buffles, c'est pourquoi je lui accorderai la vie ainsi qu'une petite cabane au milieu de mes rizières. Et s'il le souhaite, il pourra, contre un salaire de trois sapèques, soigner mes buffles.

– J'accepte avec joie, mon Seigneur, je serai désormais votre employé.

– Tu aurais pu devenir riche et l'heureux époux de ma fille…

– Je serai pauvre mais un heureux gardien de buffles.

Sur ces paroles, on emmena le Bouvier dans sa petite cabane au milieu des rizières. Chaque jour, il soignait les cent buffles du troupeau de mieux en mieux sans se douter que Jade de Printemps préparait chaque nuit une vengeance de plus en plus cruelle.

VI

Ainsi, le Bouvier continua son métier de bouvier, il épargnait chaque mois son petit salaire de trois sapèques mais il n'était pas aussi heureux qu'avant. Le premier message de la corne du buffle ne cessait de l'intriguer : « Où trouverai-je cette jeune fille aux chaussons brodés, l'un portant un phénix, l'autre un dragon ? Je passe mes journées dans les rizières avec les buffles pour seule compagnie. L'argent que je gagne, je n'ai pas envie de le dépenser pour des plaisirs d'un instant car la seule chose que je souhaite c'est rencontrer cette mystérieuse créature, ma future femme ! »

Malgré ses interrogations sans fin, le Bouvier ne songea pas à prendre la seconde corne de buffle pour trouver une réponse. Il ne savait pas non plus qu'au milieu des nuages une Fée, l'une des sept filles de la Reine-Mère du Ciel, ne cessait de l'observer. Cette jeune fille céleste s'appelait la Tisserande car elle avait la charge de tisser et de broder les couleurs du crépuscule. Elle observait le Bouvier depuis un jour seulement mais chacun sait qu'un jour au ciel dure une année sur terre. La Tisserande s'ennuyait et n'avait qu'un seul désir, se rendre sur terre pour aller se baigner avec ses sœurs, non loin de la cabane du Bouvier. Il y avait là une jolie cascade d'eau dont le bruit envoûtait quiconque comme une douce mélodie.

Ce soir-là, la Tisserande tissa les plus merveilleux motifs pour le crépuscule. Chaque oiseau qu'elle brodait s'envolait du ciel vers la terre, vêtu d'un plumage multicolore. L'un d'eux possédait les sept couleurs de l'arc-en-ciel et vint se poser au bord de la fenêtre du Bouvier. La Tisserande ne pouvait croire qu'il s'agissait d'un hasard et décida de s'envoler avec ses sœurs jusqu'à la cascade.

– Mais nous n'avons pas le droit ! se récrièrent ses sœurs, tu sais bien que notre mère nous a interdit d'aller sur terre.

gner dans la cascade, on dirait de la musique, dit la Tisserande.

Les sept sœurs profitèrent du sommeil de la Reine-Mère du Ciel pour s'envoler ensemble vers la terre.

VII

Pendant ce temps le Bouvier s'apprêtait à dîner seul en silence, à chanter une chanson pour lui seul en regardant la lune et à se coucher seul en soupirant comme chaque soir. Quelle ne fut pas sa surprise quand il vit un oiseau d'une espèce inconnue se poser sur le rebord de sa fenêtre. Son plumage étincelait dans la nuit. Le Bouvier approcha sa main de l'oiseau et ce dernier ouvrit le bec pour lui donner un long fil de soie rouge. Le Bouvier enroula le bout du fil autour de son doigt tandis que l'oiseau gardait l'autre bout dans son bec.

« Suis-moi ! » semblait dire l'oiseau qui s'envola. Le Bouvier le perdit bientôt de vue car il progressait à tire-d'aile au-delà des étoiles. Grâce au fil, il se laissa guider sur un chemin à travers la forêt de bambous qu'il n'avait encore jamais parcourue. Toute la nuit, il s'enfonça dans l'épais amas de bambous ; tantôt il entendait le vol lourd de la chouette qui surgissait des coins les plus sombres, tantôt il s'enfuyait quand son pied croisait l'anneau luisant d'un serpent. Enfin, avec le jour qui se levait, il vit la lisière de la forêt, une plaine claire et fraîche. Le fil qu'il tenait à son doigt cassa à cet instant. Un rocher, plus grand que lui, l'empêchait de voir ce qu'il entendait : des rires et des éclats d'eau. Doucement il grimpa sur l'obstacle. Sept jeunes filles, plus jolies les unes que les autres, se baignaient sous une cascade d'eau pure. Le mélange de leurs rires et de l'eau dont elles s'éclaboussaient était un ravisse-

ment pour les yeux et les oreilles. Mais le Bouvier, très intimidé par ce bain, ne voulut pas les observer plus longtemps et se dirigea vers les saules pleureurs pour attendre qu'elles se rhabillent. C'était au pied de ces arbres que les sept jeunes filles avaient laissé leurs robes et leurs chaussons. Curieux, le Bouvier se mit à regarder chaque paire de plus près. Toutes portaient des motifs d'oiseaux ou de fleurs si finement brodés qu'on aurait dit que le dessin allait prendre vie. Tout à coup le cœur du Bouvier se mit à battre, la septième paire de chaussons portait un phénix et un dragon. Ainsi, la mystérieuse femme destinée à épouser le Bouvier se trouvait parmi les baigneuses. Laquelle était-ce ? Le jeune garçon devait attendre qu'elles reviennent chercher leurs effets pour le savoir. « Mais ensuite, se dit-il, peut-être qu'elles disparaîtront ou que leur père viendra les chercher ?

Comment pourrai-je alors moi, simple petit gardien de buffles, oser parler à une jeune fille de grande condition ?»

Les robes des jeunes filles étaient somptueuses et couvertes de perles et de pierres précieuses, il ne faisait aucun doute que ces sept sœurs appartenaient à une très noble famille. Même s'il n'en avait pas l'habitude, le Bouvier décida de voler la septième paire de chaussons pour savoir quelle sœur en était la propriétaire. Au bout d'un instant, les rires se rapprochèrent des saules pleureurs, elles venaient se rhabiller. Le Bouvier ne tarda pas à entendre la jolie voix de la Tisserande :

«Mes chaussons ont disparu, comme c'est étrange ! N'est-ce pas l'une de vous qui veut me jouer un tour ?»

«Bien sûr que non, répondirent les sœurs en chœur, dépêche-toi de les retrouver car si notre mère s'aperçoit de notre absence, tu sais comment elle te punira !»

La Tisserande s'éloigna sous le lourd feuillage des saules et découvrit celui qu'elle avait observé depuis le ciel et dont elle espérait tant se faire aimer. Le jeune garçon plus rouge que jamais balbutia :

– C'est moi qui ai pris vos chaussons… pardon… j'avais tellement peur que vous ne repartiez… je n'aurais jamais su que c'était vous…

– Il ne fallait pas avoir peur à ce point-là, rit la Tisserande, car sans mes chaussons je ne peux pas retourner au…, puis elle se tut ; elle ne voulait pas avouer au Bouvier qu'elle était une fée céleste et qu'il lui suffisait de mettre ses chaussons pour s'envoler au-delà des nuages.

– Pourquoi avez-vous choisi de voler mes chaussons plutôt que ceux des autres ? ajouta-t-elle.

– Un vieil ami m'a dit un jour que la femme qui m'était destinée comme épouse

aurait un phénix et un dragon brodés sur ses chaussons…

– C'est donc moi, dit la Tisserande en souriant.

– Oui, répondit le Bouvier très ému, je vais vous les rendre, ne vous inquiétez pas !

– Surtout pas, s'écria la Tisserande, garde-les cher époux ! ce sera le gage de mon amour !

Le Bouvier ne put comprendre la phrase

de la Tisserande. En renonçant à ses chaussons, elle renonçait à retourner au ciel, comme ses sœurs, et à sa condition de fée céleste.

Main dans la main, ils s'en allèrent vers la cabane au milieu des rizières. Là, ils devinrent mari et femme sous l'œil de l'oiseau multicolore qui était revenu pour célébrer leur union.

VIII

Depuis le début de leur mariage, le Bouvier vivait chaque jour dans la crainte de décevoir la Tisserande. Elle ne parlait jamais de sa riche famille, mais le Bouvier savait qu'elle n'avait pas l'habitude de coucher sur une natte de paille, de manger du riz et des légumes cuits à la vapeur ou de retenir son chignon avec une vulgaire aiguille à tricoter.

Pour célébrer leurs noces, le Bouvier avait dépensé toutes les économies qu'il avait faites pendant trois ans. Il avait invité le Seigneur aux Dix Mille Grains de Riz ainsi que toute sa famille à partager un festin. Le Seigneur, qui avait toujours éprouvé de la bienveillance pour le Bouvier, lui avait offert ce jour-là une petite maison beaucoup plus grande que la cabane abandonnée. Même si la nouvelle maison paraissait magnifique par rapport à l'ancienne, la demeure des époux restait beaucoup trop vulgaire aux yeux du Bouvier.

Jade de Printemps, après avoir vu la beauté merveilleuse de la Tisserande, fut encore plus jalouse qu'avant et décida de se venger encore plus cruellement. La fille du Seigneur aimait toujours le petit gardien de buffles mais sa rancune lui inspirait des sentiments qui n'ont rien à voir avec l'amour.

Contre toute attente, elle prêta mille pièces d'or au Bouvier.

– Ainsi, lui dit Jade de Printemps, tu pourras combler ta femme de beaux cadeaux, elle sera si contente !

Sans se douter que Jade de Printemps lui tendait un horrible piège, le Bouvier accepta l'argent sans hésiter. Il partit en ville une journée entière pour acheter cent et un cadeaux à son épouse bien aimée : deux robes de soie, des épingles à cheveux en or, du parfum de l'Ouest, des bracelets de jade, un manteau de plumes de paon… il revint au crépuscule chargé de paquets.

La Tisserande découvrit un à un ses cadeaux mais le Bouvier ne trouva pas sur son visage l'expression de joie qu'il attendait.

– Que se passe-t-il ? lui demanda son mari inquiet, me suis-je trompé ? Aurais-tu préféré…

– Ne dis plus un mot, mon chéri, si j'ai

l'air préoccupé ce n'est pas à cause de toutes ces merveilles, c'est parce que moi aussi j'ai quelque chose à t'offrir et je ne sais pas si cela te plaira.

– Montre-le-moi vite ! s'écria le Bouvier.

– Je le voudrais bien, seulement pour l'instant je ne peux pas te le montrer, je peux t'en parler c'est tout.

– Je suis impatient de connaître ce mystère.

– C'est un mystère mais ce n'en est pas un non plus. Comment t'expliquer ? C'est un mystère parce qu'on ne peut le voir, ce n'est pas un mystère parce que l'on sait ce que c'est.

– Je t'en prie, dis-moi tout !

– Serais-tu heureux d'être papa ?

– Tu attends un bébé !

– C'est mon cadeau… tu n'es pas déçu ?

– Je suis si heureux d'aimer la mère de ce bébé.

Le Bouvier et la Tisserande s'embrassèrent tendrement et marchèrent quelques instants sous la lune.

– Tu sais, dit le Bouvier à sa femme, tu te trompes quand tu dis que ce n'est pas un mystère parce que l'on sait ce que c'est.

– Ah ? et pourquoi ?

– On ne sait pas si ce sera un garçon ou une fille.

Et tous deux rirent de bon cœur.

IX

Depuis plus d'un jour au ciel, et chacun sait qu'un jour au ciel dure toute une année sur terre, la Reine-Mère du Ciel cherchait sa septième fille qui avait osé se rendre parmi les mortels. Les six autres sœurs ne tardèrent pas à lui avouer que toutes recherches, qu'elles durent six mois ou six ans, ne servi-

raient à rien. La Tisserande avait renoncé à porter ses chaussons brodés. Sans eux elle ne pouvait s'envoler jusqu'au ciel. Le seul moyen pour reprendre la fugitive était de convaincre quelqu'un de lui mettre ses chaussons aux pieds sans qu'elle s'en aperçoive. Mais la Reine-Mère ne savait pas parler le langage des mortels, aussi passait-elle ses journées à observer le domaine du Seigneur aux Dix Mille Grains de Riz.

Depuis que la Tisserande attendait son bébé, le Bouvier ne cessait de travailler jour et nuit afin de gagner davantage d'argent. Il désirait acheter un beau pavillon avec une cour et un jardin clos où sa petite famille pourrait vivre heureuse. Un soir, alors qu'il nettoyait un à un les sabots des buffles, Jade de Printemps vint le voir. Elle portait à la main un coffre qui paraissait très lourd.

– Bonsoir, lui dit-elle, comme tu travailles dur ! J'ai entendu dire que tu voulais

X

Les enfants du Bouvier et de la Tisserande naquirent dans la chambre de l'aile ouest du Pavillon des Graines de Lotus. Une fille et un garçon, des jumeaux ! Le Bouvier ne se lassait pas de remercier sa femme d'avoir résolu de manière si parfaite « le fameux mystère ». Et comme le veut la tradition, un an jour pour jour après leur naissance, il organisa un grand festin. Le Seigneur aux Dix Mille Grains de Riz et sa suite vinrent tous féliciter les parents et offrir des arcs et des flèches, des pinceaux et des chapeaux carrés au petit garçon. Puis furent offerts à la petite fille des collections de bracelets et d'épingles à cheveux, des mètres et des mètres de fil de soie et des dizaines d'aiguilles. Alors que tout le monde se réjouissait, la Tisserande quitta soudain le banquet pour apaiser ses jumeaux qui pleuraient.

Elle était en train de les bercer quand Jade de Printemps pénétra dans la chambre des enfants. Elle ferma la porte derrière elle et s'approcha des berceaux :

– Ils sont tous les deux d'une grande beauté. Quel dommage s'ils devaient devenir de petits serviteurs de rien du tout, des esclaves, quoi !

– Que dites-vous ? s'écria la Tisserande, mes enfants demeureront toujours auprès de moi et du Bouvier, esclaves de personne et, bien au contraire, libres de connaître un grand destin.

– Un grand destin ? ricana Jade de Printemps, avec un père qui à ce jour me doit plus de cent mille pièces d'or !

– Le Bouvier n'a jamais emprunté d'argent, il a travaillé pour acheter ce que nous avons !

– Vous croyez ! Je lui ai prêté plus de cent mille pièces d'or pour qu'il vous offre des cadeaux et ce pavillon. Je l'avais prévenu : quand les enfants auraient un an, il devrait rembourser sa dette.

– Mais nous n'avons pas le moindre argent !

– Alors je te propose un marché. Fabrique-moi une robe longue de plus de dix rouleaux de soie sur laquelle je veux voir brodées toutes les espèces de fleurs et d'oiseaux connues sur terre. Si tu réussis, j'annulerai la dette et vous ne me devrez plus rien. Si tu échoues, je te prends tes enfants et ils deviendront mes esclaves ou peut-être que j'en ferai mes propres enfants. Je n'en ai pas, et les tiens sont ravissants.

Derrière la porte, le Bouvier avait entendu l'horrible marché que Jade de Printemps imposait.

– Tu ne toucheras jamais un cheveu de nos enfants, cria-t-il.

– Ah ! J'oubliais, il me faut la robe pour demain matin, au premier rayon du soleil !

– Mais c'est impossible de broder une robe aussi longue en une nuit ! s'exclama le Bouvier.

Jade de Printemps était déjà partie, laissant le Bouvier et la Tisserande tout tremblants.

XI

La fête aussitôt terminée, la Tisserande se retira dans sa chambre et déroula devant elle dix rouleaux de soie lisse et bleue. Comme elle était une fée, elle connaissait toutes les espèces de fleurs et d'oiseaux. Autrefois, quand elle devait tisser les couleurs du crépuscule, elle s'inspirait des roses et des perroquets, des magnolias et des rossignols, des pivoines et des grues, aucune espèce n'avait de secret pour elle. Elle tira de son chignon l'Aiguille-du-Soleil-Couchant et broda en moins de quelques heures toutes les fleurs qui pouvaient éclore sur la terre et tous les oiseaux qui pouvaient s'envoler dans le ciel. Elle acheva la robe avant l'aube et la montra à son mari :

– Crois-tu que j'ai réussi ? lui demanda-t-elle.

Le Bouvier cligna les yeux d'émerveillement. Chaque oiseau semblait si vivant qu'on aurait dit qu'il allait quitter le tissu et prendre son envol. Chaque fleur semblait si naturelle qu'elle paraissait posée sur la soie.

– C'est splendide ! s'écria le Bouvier, je ne savais pas que tu possédais un tel talent.

– Je brodais beaucoup avant de te rencontrer, dit la Tisserande sur un ton malicieux, mais le plus important c'est que nos enfants soient sauvés et que ta dette soit annulée. Promets-moi seulement de ne plus jamais rien emprunter à cette femme.

– Je te le promets, dit le Bouvier qui ne se lassait pas d'admirer les motifs de la robe.

À cet instant Jade de Printemps frappa à leur porte.

– J'imagine que ma robe n'est pas prête, dit-elle, et que tu n'as pas encore terminé de broder la tige d'une simple tulipe !

– Est-ce qu'elle vous convient ainsi avec les mille espèces d'oiseaux et de fleurs ? dit la Tisserande en déroulant la traîne.

Jade de Printemps fut si éblouie par la beauté du travail que, pendant quelques secondes, toute expression méchante quitta son visage. Elle dévisagea la Tisserande et se demanda pour la première fois si cette jolie jeune femme n'était pas une déesse ou une fée.

– Je prends la robe, je vous laisse vos enfants et j'annule la dette mais, un jour, ajouta-t-elle, je découvrirai ton secret.

XII

Pendant ce temps la Reine-Mère du Ciel assistait à toute la scène. Elle connaissait le secret de sa fille et le moyen de la faire revenir au ciel. Comme elle ne savait pas parler le langage des mortels, elle profita du sommeil de Jade de Printemps pour lui envoyer un rêve. Ainsi, la fille du Seigneur rêva du Pavillon des Graines de Lotus. Elle y pénétrait alors que tout le monde dormait. Elle se dirigeait dans la cour où il y avait un saule pleureur et découvrait sous les feuillages une petite boîte. Elle ouvrait la boîte et découvrait une paire de chaussons brodés d'un phénix et d'un dragon. Elle se glissait dans la chambre de la Tisserande endormie et lui mettait les chaussons. Aussitôt la Tisserande s'éveillait et, malgré elle, s'élevait dans les airs, planait à travers la pièce puis s'envolait par la fenêtre. Le Bouvier voyait sa femme disparaître derrière les nuages, il lui disait au revoir puis, se tournant vers ses enfants, il leur expliquait : « Votre mère est partie, mais voici votre nouvelle maman et ma nouvelle femme, elle s'appelle Jade de Printemps. »

Le rêve que la Reine-Mère du Ciel envoya à la fille du Seigneur s'arrêta sur cette phrase. Jade de Printemps se réveilla en sursaut, son vieux rêve allait-il se réaliser ? Pourrait-elle, comme elle le désirait depuis toujours, épouser le Bouvier ? Elle ne prit pas le temps de se changer et, en robe de nuit, traversa les champs jusqu'au Pavillon des Graines de Lotus. Dans la cour, il y avait bien un grand saule pleureur. Elle glissa sa main sous les feuilles et prit la boîte. Les chaussons, identiques à ceux de son rêve, étaient là. Jade de Printemps était ravie et continua de faire ce que le songe de la Reine-Mère du Ciel lui dictait. Dans leur chambre, le Bouvier et la Tisserande dormaient profondément. Jade de Printemps écarta doucement la couverture pour trouver les pieds de la Tisserande. Ils étaient si petits qu'elle dut encore soulever un peu plus la couverture. À ce moment la Tisserande soupira et Jade de Printemps se pressa d'enfiler les chaussons. Ce qu'elle avait vu en rêve se déroula devant ses yeux : encore assoupie, la Tisserande s'éleva lentement dans les airs puis, comme si deux grandes ailes avaient poussé dans son dos, elle virevolta tel un papillon. Une bourrasque de vent fit céder brusquement la fenêtre. Le Bouvier se réveilla et vit sa femme s'envoler dans le ciel et disparaître derrière le clair de lune.

– Que se passe-t-il ? criait le pauvre Bouvier, où vas-tu ? Reviens !

– Ta femme est une fée, elle est retournée au ciel, lui expliqua Jade de Printemps.

– Pourquoi es-tu là ? C'est toi qui l'as fait partir ?

– On m'a demandé en rêve de lui mettre ses chaussons et voilà, elle s'en est allée parmi les siens. Mais moi je reste avec toi, je deviendrai ta femme, n'est-ce pas ?

– Tu rêves une seconde fois. Il faut que je suive la Tisserande ! Mes enfants ! Vite, habille-les s'il te plaît et couche-les dans ce panier !

– Je pensais que tu m'épouserais après le départ de la Tisserande !

– Aide-moi, dit le Bouvier, c'est le mieux que tu puisses faire pour devenir mon amie tout simplement.

Tandis que le Bouvier quittait la chambre, Jade de Printemps s'occupa des jumeaux.

XIII

Le Bouvier partit alors se cacher dans un petit pavillon au milieu de son jardin. Il tira de la poche de son manteau la seconde corne du buffle.

« Le moment est venu de m'aider à nouveau, cher buffle, tu m'as dit que je trouverais un message et que je devrais le lire quand je me poserais une question importante à laquelle je ne peux trouver de réponse. La première fois tu m'as appris comment reconnaître ma future épouse. Cette fois, me révéleras-tu comment la rejoindre ? »

Le Bouvier glissa ses doigts à l'intérieur de la corne et déroula une fine bandelette de papier où il était écrit :

Si tu veux voler, porte ma corne à ton front.

Le Bouvier revint dans la chambre et prit sur ses épaules le panier où Jade de Printemps avait couché les jumeaux. Puis il porta la corne du buffle à son front. Il ferma les yeux et se sentit aspiré par la nuit, il filait telle une étoile tout droit vers la lune. Derrière les nuées il aperçut le palais céleste. Ce voyage au milieu de la nuit avait réveillé les deux enfants ; chacun pleurait et appelait : « Maman ! Maman, reviens ! »

La Tisserande apparut à la porte du palais et se précipita vers ses enfants. Elle les embrassait et les consolait quand tout à coup un éclair déchira le ciel. La Reine-Mère du Ciel était si en colère que le tonnerre et la foudre accompagnaient chacun de ses pas.

Elle pointa son doigt vers le Bouvier :

– Mortel Bouvier, tu oses poursuivre ma fille, jusqu'au ciel ! Et toi ma fille, tu oses aimer un mortel. Vous serez punis tous les deux !

De son chignon, le Reine-Mère du Ciel ôta une épingle et traça dans l'espace une ligne qui se transforma en fleuve. Le fleuve devint la Voie lactée et sépara à jamais le Bouvier et la Tisserande. Le Bouvier se tenait sur la rive gauche, et la Tisserande sur la rive droite. Mais les jumeaux continuaient d'appeler leur mère et de la pleurer. Leurs cris et leur tristesse finirent par émouvoir la Reine-Mère du Ciel qui permit au couple de se réunir une fois l'an, le septième jour du septième mois.

Ce jour-là, regardez bien le ciel et vous verrez que toutes les pies ont disparu. En effet, elles vont toutes former un pont au-dessus des deux rives de la Voie lactée pour que le Bouvier et la Tisserande puissent se rejoindre plus vite.

Et ce jour-là aussi en Chine, toutes les jeunes filles brodent un joli mouchoir qu'elles posent sous leur tête avant de s'endormir. Elles demandent ainsi à la Tisserande de leur montrer en rêve le visage de leur futur époux.

Yueling Guang Yi et Sou Shenji,
Pékin, 1985.

Les éventails de Su Dongpo

Un lettré, très estimé pour ses peintures et sa poésie, arriva de la capitale pour prendre un poste de juge dans une ville du sud de la Chine. Il s'appelait Su Dongpo et son talent était connu de tous. Les habitants de la ville attendaient avec impatience son arrivée prévue pour le début de l'été. Seulement les semaines passèrent et Su Dongpo ne se montrait pas.

Un jour de pluie, deux hommes se disputèrent et frappèrent aux portes du tribunal.

L'huissier leur cria :

– Le juge Su Dongpo n'est pas encore arrivé. Revenez dans deux jours !

– Nous ne pouvons pas attendre, dirent les deux hommes, c'est une affaire très grave !

À cet instant, un homme vêtu d'une robe simple et d'un chapeau de paille s'avança sur un âne devant les portes du tribunal.

– Laissez-moi passer, disait-il, je suis en retard !

L'huissier n'eut pas le temps de rattraper le petit âne qui trottait droit devant lui sous la pluie. L'inconnu mit pied à terre, pénétra dans la salle d'audience et s'assit sur le siège du juge qui était recouvert d'une peau de tigre. Le croyant fou, l'huissier lui dit :

– C'est la place du juge, il vous tuerait s'il savait que vous avez osé vous asseoir à sa place.

– Quelqu'un serait-il assez cruel pour tuer un innocent ?

– Comment, un innocent ! s'exclama

l'huissier, ce siège est réservé au juge, celui à qui l'Empereur a remis un sceau en or.

L'inconnu tira de sa manche un petit objet étincelant.

– Vous parlez de ce sceau-là ? dit l'inconnu.

L'huissier se rendit compte qu'il avait devant lui Su Dongpo en personne et implora son pardon.

– Je n'ai pas le temps d'entendre vos excuses, dit le juge, faites entrer les deux hommes qui veulent porter plainte.

Le premier s'appelait Li, le deuxième Wang.

– Honorable juge, dit Li, je suis un petit paysan. Après cinq ans d'efforts, j'ai pu économiser un peu d'argent, dix taëls en tout. Mon voisin et bon ami Wang en a eu besoin et j'ai accepté de les lui prêter à condition qu'il me les rende quand j'en aurais besoin. Il y a quelques mois, j'ai rencontré une jeune fille. Pour organiser le mariage, j'ai besoin de mes économies mais Wang refuse de me les rendre.

Su Dongpo se tourna vers Wang et lui demanda :

– Qu'as-tu à dire pour ta défense ?

– Honorable juge, je suis un petit marchand. Avec les dix taëls de mon ami, j'ai acheté un lot d'éventails car l'été s'annonçait très chaud. Or nous sommes déjà au milieu du mois de juillet et il continue de pleuvoir. Qui aurait besoin de m'acheter un éventail ? D'ailleurs ils ont tous moisi, à cause de la pluie, soupira Wang, personne n'en voudra même si le soleil revient ! Je suis incapable de rembourser les dix taëls, je n'ai pas encore gagné une seule sapèque.

Su Dongpo tortilla les poils de sa barbe, réfléchit un instant et dit :

– Li a besoin de son argent pour se ma-

rier. Wang doit le lui rendre, mais Wang ne peut rembourser sa dette.

– Que proposez-vous, honorable juge ?

– Soyez patients encore quelques heures et je trouverai une solution. Li, rassure-toi, tu retrouveras tes économies. Toi, Wang, apporte-moi vingt de tes éventails moisis.

Quand Su Dongpo reçut les éventails, les deux hommes restèrent à ses côtés, curieux de savoir comment le juge pouvait les transformer en argent. Su Dongpo trempa la pointe de son pinceau dans son encrier et peignit un paysage miniature sur le premier éventail en prenant soin d'utiliser les grandes taches de moisi pour dessiner des montagnes et les petites taches pour dessiner des fleurs.

– Cet éventail ressemble à un véritable tableau de maître ! s'écrièrent les deux hommes.

Su Dongpo prit le deuxième éventail et calligraphia un poème en couvrant les grandes taches de moisi par des caractères compliqués et en couvrant les petites taches de moisi par des caractères simples. Les vingt éventails furent bientôt tous couverts de peintures et de poèmes plus élégants les uns que les autres. Le juge, qui n'avait pas encore changé d'habits depuis son arrivée, sortit alors du tribunal avec les éventails et cria sur la place de la ville.

– Su Dongpo est arrivé, regardez, admirez les éventails qu'il apporte de la capitale !

Aussitôt, les habitants accoururent de partout et achetèrent les éventails à raison d'un taël chacun.

Quand la foule se dissipa, Su Dongpo dit à Li :

– Voici tes dix taëls avec tous mes vœux de bonheur pour le mariage.

Le petit paysan se prosterna et remercia le juge.

Puis Su Dongpo dit à Wang :

– Voici dix taëls pour commencer un nouveau commerce.

Le petit marchand se prosterna et remercia le juge.

Xihu Minjian Gushi, Pékin, 1982.

Le juge interroge un rocher

Depuis qu'il était juge, Su Dongpo ne manquait jamais de se rendre chaque matin au marché. Là, il pouvait à la fois acheter toutes sortes de légumes et de poissons frais mais aussi parler avec les gens de la ville et s'informer des injustices à réparer. Le juge raffolait de l'huile de sésame, il en imbibait tous ses plats et devait en acheter une jarre toutes les semaines. Un jeune garçon que l'on surnommait « Goutte du Rocher » vendait la meilleure huile du marché. Elle était parfumée et dense, d'une superbe couleur d'or. Rien qu'en la voyant couler, l'appétit vous venait. Si le jeune marchand s'appelait Goutte du Rocher c'est parce qu'il vendait ses jarres d'huile à l'ombre d'un grand rocher pour les protéger du soleil. Ces ventes d'huile lui rapportaient assez d'argent pour nourrir ses vieux parents malades. Content de son travail, Goutte du Rocher apportait le plus grand soin à son huile, aussi tout le monde venait lui en acheter.

Or un matin, alors que le juge Su Dongpo se délectait à l'idée de faire frire une belle anguille dans cette bonne huile, quelle ne fut pas sa surprise de trouver Goutte du Rocher, le visage couvert de larmes.

– Que se passe-t-il ? demanda le juge, la maladie de tes parents s'est aggravée ?

Le jeune garçon sanglotait si fort qu'il parlait avec des hoquets à la fin de chacun de ses mots :

– Non, monsieur Su Dong... ! Po ! Ils vont mieux au contraire... ! depuis que la vente d'huile est si faste… ! je n'ai jamais eu autant d'argent pour leur acheter tous les médicaments dont ils ont besoin. Aujourd'hui je suis venu au marché avec toutes mes économies… ! pour aller payer le médecin et les médecines… ! comme d'habitude j'ai voulu vendre quelques jarres d'huile… ! je m'étais levé très tôt… ! Et le sommeil m'a gagné… ! Je me suis endormi contre le rocher… ! Quand je me suis réveillé mon sac d'économies avait disparu. Je suis un fils indigne, je n'ose plus me présenter devant mes parents !

– Calme-toi, dit le juge, je t'apprécie et si je vais chaque jour à ce marché c'est pour réparer les injustices. Je vais lancer une enquête sur-le-champ !

Goutte du Rocher essuya ses larmes et vit le juge se pencher sur le rocher :

– Petit vaurien de rocher, criait Su Dongpo, c'est toi qui as pris l'argent ! Tu n'as pas honte de voler un enfant qui veut soigner ses parents malades ? Allez ! Avoue ton délit !

Le juge ordonna à ses gardes que l'on batte le rocher. À l'aide de fouets et de sabres, les gardes sommèrent le rocher de parler.

Même sous les coups, le rocher ne délivra pas une seule parole. Les gens du village et les marchands s'attroupèrent autour de ce curieux interrogatoire et chacun y allait de sa moquerie :

– Le juge est devenu fou, il veut faire parler un rocher !

– Pauvre monsieur Su Dongpo, son esprit est dérangé ! il a besoin de repos !

– Quel dommage. Comment un juge aussi clairvoyant peut-il se montrer aussi stupide ?

Le juge se tourna vers la foule et la menaça du regard.

– Vous osez manquer de respect au juge de votre ville et le traiter d'imbécile ! Je vous condamne tous à me verser une amende d'une sapèque. Allez à votre tour, jetez votre pièce dans ce panier !

Sans ajouter un mot, chaque habitant du village tira une sapèque de sa poche et fit la queue.

Su Dongpo ne quittait pas le panier des yeux et examinait chaque pièce avec la plus grande attention. Chaque fois qu'une sapèque tombait il la prenait et la faisait tourner entre ses doigts ; parfois, il la sentait comme s'il s'agissait d'une fleur. Goutte du Rocher assistait, très perplexe, à cette étrange enquête. Une centième sapèque venait de tomber dans le panier quand le juge pointa son doigt sur celui qui venait de le lancer et déclara :

– C'est lui le coupable ! Gardes, arrêtez-le !

Les gardes se saisirent d'un homme qui

avait pour tout bagage une hotte de foin sur le dos. Il paraissait terrifié et n'osait se défendre.

– Honorable juge, demande Goutte du Rocher, comment savez-vous que c'est lui qui a volé mon sac d'économies ?

– Oui ! renchérit la foule, nous avons tous jeté notre sapèque, pourquoi serait-il plus coupable qu'un autre ?

Le juge brandit la pièce et marcha devant la foule pour la montrer à tous :

– Cette sapèque n'est pas une sapèque ordinaire, elle est poisseuse. Oh ! je ne dirais pas qu'elle est sale, seulement elle est couverte d'une matière parfumée et dense, d'une superbe couleur d'or...

– Qu'est-ce que c'est ? demanda-t-on de toutes parts.

– L'huile de sésame que vend Goutte du Rocher, bien sûr ! J'aime tellement cette huile que je la reconnaîtrais entre mille.

– C’est bien vrai, confirma Goutte du Rocher.

– Et notre petit vendeur d’huile en imbibe chaque pièce qu’il reçoit. Gardes ! ajouta Su Dongpo, videz le foin de la hotte que porte le coupable sur le dos !

Le sac d’économies de Goutte du Rocher fut ainsi retrouvé sous le foin.

– Je ne sais comment vous remercier, honorable juge, dit le petit vendeur.

– Continue de te conduire comme tu l’as fait, dit Su Dongpo, reste ce fils dont les parents pourront être fiers. J’irai les voir quand ils seront guéris. En attendant j’espère qu’il te reste encore une jarre d’huile car j’ai une belle anguille à faire frire pour mon déjeuner. Tu la partageras bien avec moi ?

– Avec joie ! répondit l’enfant.

Xihu Minjian Gushi, Pékin, 1982.

Inséparables

Dans un petit village, au bord de la mer du sud de la Chine, vivaient un homme du nom de Dong et une jeune femme du nom de Ying. Dong était charpentier et construisait des maisons. Ying élevait des petits oiseaux très particuliers qu'on appelait les Inséparables. Pas plus gros que le poing, d'un plumage blanc tacheté de rouge, ces oiseaux vivaient deux par deux, le mâle avec la femelle. Si l'un venait à mourir ou à disparaître l'autre se laissait aussitôt mourir de chagrin ; ils ne pouvaient vivre l'un sans l'autre, aussi les appelait-on les Inséparables.

Depuis longtemps Dong était fiancé à Ying mais tous deux avaient perdu leurs parents et ils n'avaient pas assez d'argent pour se marier et vivre ensemble. Quand Dong se fiança à Ying il lui apporta une jolie cage qu'il avait bâtie de ses mains avec des tiges de bambou. Ying installa un couple d'oiseaux Inséparables dans la cage et promit de les libérer le jour de son mariage. Depuis trois ans, Ying s'occupait de ses oiseaux et rêvait de former le couple qu'elle avait tous les jours devant les yeux. Même s'ils n'étaient que fiancés, Dong et Ying s'échangeaient mille et une attentions. Quand Dong partait travailler sur le chantier d'une maison, Ying venait nettoyer la modeste cabane où il habitait, elle lui préparait de savoureux plats et disparaissait avant qu'il ne rentre. De son côté Dong ne manquait pas de déposer sur le bord de la fenêtre de Ying du bois coupé pour la cheminée, du poisson frais pour son dîner et des petits bracelets en bois pour ses jolis poignets.

Un soir, Dong accourut chez Ying et lui dit tout essoufflé :

– Je viens d'apprendre une merveilleuse nouvelle, nous allons bientôt nous marier !

Ying ne put s'empêcher de saisir les mains de Dong :

– Quand ? demanda-t-elle, dis-moi vite quand ?

– Quand j'aurai terminé de bâtir le phare de la mer du Sud ! Le ministre des Mers, en personne, m'a demandé de le construire et la somme qu'il m'offre pour ce travail nous permettra de vivre pendant trois vies !

Tout à coup le visage de Ying s'assombrit. À travers les barreaux de la cage, elle caressa les Inséparables et pleura :

– Pour la première fois, nous allons être séparés, dit-elle en cachant son visage couvert de larmes, de plus, construire un phare en pleine mer est très dangereux, s'il t'arrivait malheur j'en mourrais !

Dong tenta de consoler Ying mais jusqu'au lendemain matin elle resta devant la cheminée pour coudre quelque chose.

Le matin de son départ, Ying l'accompagna jusqu'au bateau qui devait le mener au milieu de la mer. De sa manche, elle tira un mouchoir où étaient brodés deux oiseaux Inséparables qui volaient côte à côte. Elle l'avait cousu toute la nuit durant. Dong embrassa le mouchoir et le pressa contre son cœur. En voyant Ying pleurer de nouveau Dong lui dit :

– S'il m'arrive malheur, je me transformerai en Inséparable pour m'envoler auprès de toi et rester toujours à tes côtés.

– Il est temps de monter à bord ! ordonna le ministre des Mers.

Ce dernier était un riche homme de la capitale. D'un regard étrange, il fixait Ying mais celle-ci était trop tourmentée par la séparation pour en deviner le sens.

La voile du bateau flottait au loin comme une plume sur l'océan, Ying ne parvenait pas à détacher ses yeux de l'horizon. À la tombée de la nuit, le ministre des Mers envoya son serviteur auprès de Ying :

– Mon maître vous prie d'accepter de dîner avec lui.

– Je ne dîne jamais avec un étranger, répondit sèchement la jeune femme.

– Mais ce n'est pas un étranger, répliqua le serviteur, c'est le maître de votre fiancé puisqu'il l'a engagé pour bâtir le phare.

– Je n'ai pas très faim, se défendit Ying.

– Cela ne fait rien, mon maître aimerait aussi vous parler.

Ying fut ainsi introduite dans la belle demeure du ministre des Mers. Des torches éclairaient la cour et elle vit l'imposante silhouette de l'homme se dessiner en noir sur le papier blanc des cloisons. À sa grande surprise aucun plat n'avait été apporté sur la table. Le ministre était assis devant des boîtes de toutes les tailles et souriait d'un air confiant :

– Je savais que vous n'auriez pas faim, aussi me suis-je permis de combler vos yeux et non votre bouche.

Ying ouvrit la boîte que lui tendait le ministre et découvrit une poignée d'épingles à cheveux en or, chacune ornée de pierres précieuses.

– Je n'aime pas me coiffer, dit Ying en refermant la boîte.

Puis elle ouvrit la deuxième boîte que

lui tendait le ministre et découvrit un miroir dont le manche était de jade et le tour incrusté de perles.

– Je n'aime ni me coiffer, ni me regarder dans un miroir, dit-elle.

– C'est sans doute pourquoi tu ignores à quel point tu es belle. Ta beauté est connue de tous et tu parais être la seule à l'ignorer, dit le ministre des Mers.

– Je me moque de ma beauté, répondit Ying.

– C'est aussi pourquoi je veux t'épouser. Les femmes qui se savent belles sont insupportables et capricieuses. Toi, tu as un cœur généreux et simple comme celui d'une fille laide mais tu possèdes un visage qui surpasse la beauté d'une fée.

– Vos paroles sont flatteuses, seulement rien ne me fera oublier mon ami Dong !

– Tu m'épouseras dans cent jours, pas un de plus, pas un de moins.

Le ministre ordonna alors que l'on enferme Ying dans le pavillon du jardin. Chaque jour il lui envoyait une nouvelle boîte contenant un trésor différent. Chaque soir elle répondait qu'elle refusait de l'épouser et renvoyait la boîte qu'elle ne prenait même plus la peine d'ouvrir. Ying ne demandait qu'une seule chose : non pas être libérée de sa cage du milieu du jardin, non pas des preuves d'amour plus fortes de la part du ministre mais des nouvelles de Dong, son fiancé, qui construisait le phare au milieu de la mer.

Le soir du quatre-vingt-dix-neuvième jour, le ministre ordonna à son serviteur de se rendre en pleine mer et de pousser Dong du haut de son échafaudage de bambou. Dong se noya et mourut. Avant que l'ultime vague ne l'engloutisse, il embrassa une dernière fois le mouchoir de Ying.

Une goutte de sang sortit de sa bouche et tacha le plumage de l'oiseau mâle. Au contact de la goutte de sang, l'oiseau brodé prit vie et s'envola du carré de tissu.

Le matin du centième jour, Ying fut réveillée par un chant familier. Un Inséparable chantait à sa fenêtre. Grâce à une épingle, elle perça un trou dans le papier huilé de la fenêtre et le petit oiseau put ainsi entrer dans la cage de Ying. Ses plumes, son bec, ses pattes étaient en tous points pareils à celui qu'elle avait brodé sur le mouchoir. Dans son bec l'oiseau tenait le mouchoir et le déposa dans la main de Ying. Elle retourna le mouchoir dans tous les sens et vit qu'un oiseau manquait, le mâle du couple d'Inséparables.

À cet instant, elle comprit que Dong était mort.

À cet instant elle entendit le ministre frapper à sa porte.

Grâce à l'épingle, elle put se piquer le doigt et pressa la blessure contre l'oiseau femelle du mouchoir.

Au contact de la goutte de sang, l'oiseau brodé prit vie et s'envola du carré de tissu.

Quand le ministre entra, il ne trouva

personne dans le pavillon. Ying avait disparu, seul un carré de tissu blanc flottait au milieu de la pièce.

Oiseau devenu, Dong attendait Ying.
Oiseau devenue, Ying rejoignit Dong.

Inséparables depuis toujours
ils le sont restés
sur terre
et dans les airs.

(En volant l'un à côté de l'autre, ils n'ont pas oublié d'ouvrir la cage où Ying avait élevé son premier couple d'Inséparables.)

Taiping Guangji, Pékin, 1959.

Le jeune maître de Confucius[1]

Confucius partit un jour se promener vers l'est. Au pied du mont Jing, il arrêta son char. Là il vit un petit garçon occupé à ramasser de la terre pour fabriquer une muraille miniature au milieu de la route. Une fois la muraille élevée, l'enfant s'assit derrière. Confucius remonta sur son char et roula sur la route en criant :

– Écarte-toi de mon chemin pour que mon char puisse passer !

1. Confucius est un philosophe chinois (555-479) dont les enseignements et les idées, recueillis par ses disciples, ont influencé toute la civilisation de la Chine jusqu'à nos jours.

Le petit garçon, immobile derrière sa petite muraille, dit à Confucius :

– C'est le char qui doit contourner la muraille. A-t-on jamais vu une muraille se déplacer pour laisser passer un char !

Confucius resta sans voix et dirigea son char vers le bas-côté de la route pour contourner la muraille du petit garçon. Puis il lui demanda son âge.

– J'ai sept ans, répondit le petit garçon.

– Malgré ton jeune âge, ton intelligence est celle d'un vieux sage ! Comment t'appelles-tu ?

– Je n'ai pas de nom.

– Connais-tu une montagne sans pierres ? demanda Confucius. Une eau sans poissons ? Une porte qui ne ferme pas ? Un char sans roues ? Une jument sans poulain ? Un feu sans fumée ? Un homme sans femme ? Une femme sans mari ? Un mâle sans femelle ? Un arbre sans branches ? Une ville sans gouverneur ? Un homme sans nom ?

Le petit garçon répondit :

– Une montagne de terre n'a pas de pierres. L'eau d'un puits n'a pas de poissons. Une porte sans battant ne ferme pas. Un palanquin n'a pas de roues. Un cheval de bois n'a pas de poulain. Un feu follet n'a pas de fumée. Un Immortel n'a pas de femme. Une fée n'a pas de mari. Un mâle solitaire n'a pas de femelle. Un arbre desséché n'a pas de branches. Une ville abandonnée n'a pas de gouverneur. Un petit garçon n'a pas de nom.

– Tu as vraiment réponse à tout. Veux-tu partir avec moi pour égaliser le monde ? proposa Confucius.

– Le monde ne peut pas être égalisé. En haut pointent les montagnes, en bas coulent les fleuves et la mer. D'un côté les nobles gouvernent et de l'autre les sujets sont gouvernés. C'est pourquoi le monde ne peut pas être égalisé.

– Mais si toi et moi nous aplanissions les montagnes, nous comblions les fleuves et la mer, nous chassions les nobles et libérions les esclaves, comment ce monde si vaste soit-il ne pourrait être égalisé ?

L'enfant répliqua :

– Si vous aplanissez les montagnes, où se réfugieront les animaux ? Si vous comblez les fleuves et la mer, où nageront les poissons ? Si vous chassez les nobles, qui continuera à vous employer comme conseiller ? Et si vous libérez les esclaves, pourquoi continuerait-on à vous demander conseil[1] ?

– Bon ! Bon ! s'exclama Confucius, si tu sais répondre aux questions les plus compliquées, sauras-tu répondre aux plus

1. À l'âge de 56 ans, Confucius quitta sa charge de ministre de la Justice pour devenir conseiller.

simples ? Qu'est-ce que la gauche et la droite ?

– L'est et l'ouest[1], répondit le petit garçon.

– Qu'est-ce que l'extérieur et l'intérieur ?

– Le sud et le nord, répondit le petit garçon.

– Qu'est-ce que le père, la mère, le mari, l'épouse ?

– Le ciel est le père, la terre est la mère, le soleil est le mari, la lune est l'épouse, répondit le petit garçon.

– D'où viennent les nuages et les brumes ?

– Les nuages sortent des montagnes et les brumes se lèvent de la terre, répondit le petit garçon.

– Quand le coq se transforme-t-il en faisan ? demanda encore Confucius.

1. En regardant, comme le veut la tradition chinoise, face au sud.

– Quand il s'approche des montagnes et des marais.

– Quand le chien se transforme-t-il en renard ? demanda encore Confucius.

– Quand il s'approche des collines et des monts.

– Bon ! Bon ! dit Confucius, je vois que tu as toujours le dessus. Mais est-ce qu'un enfant de sept ans peut deviner ceci : la femme est-elle plus proche de son mari qu'une mère ne l'est de son fils ?

Le petit garçon dit :

– La mère est plus proche de son fils qu'une femme ne l'est de son mari.

– Ah ! non, s'écria Confucius, c'est le contraire ! La femme est plus proche de son mari qu'une mère ne l'est de son fils, en voici la preuve : pendant leur vie la femme et son mari dorment sous la même couverture et partagent le même oreiller. Et à leur mort, ils reposent dans la même tombe.

– Ah ! non, s'écria le petit garçon, que dites-vous là ? c'est le contraire ! La mère

est plus proche de son fils qu'une femme ne l'est de son mari. En voici la preuve :

la mère est pour son fils ce que les racines sont pour l'arbre. Une femme est pour son mari ce que les roues sont pour un char. Lorsqu'une mère meurt, son fils est orphelin à jamais ; de même lorsqu'un arbre meurt, ses cent branches se dessèchent pour toujours. En revanche si une femme meurt, son mari peut épouser une autre femme et retrouver la joie ; de même si les roues d'un char se cassent, on peut changer de roues et retrouver un char neuf. Quelle folie de prétendre qu'une femme est plus proche de son mari qu'une mère ne l'est de son fils !

Confucius, très confus, ne put rien ajouter et le petit garçon en profita pour interroger à son tour le Maître :

– J'ai répondu à toutes vos questions, pourriez-vous maintenant éclairer mes interrogations ? Comment les oies et les canards peuvent nager ? Comment les grues et les oies sauvages peuvent crier ?

Comment les pins et les cyprès peuvent rester toujours verts, été comme hiver ?

Confucius, sûr de lui, répondit au petit garçon :

-- Grâce à leurs pattes palmées, les oies et les canards peuvent nager.

Le petit garçon secoua la tête :

– Vous ne donnez pas la bonne raison, les tortues aussi nagent et pourtant elles n'ont pas les pattes palmées.

– Bon ! Bon ! dit Confucius, puis il reprit : Grâce à leur long cou, les grues et les oies sauvages peuvent crier.

Le petit garçon secoua la tête :

– Vous ne donnez pas la bonne raison, les grenouilles aussi crient et pourtant elles n'ont pas un long cou.

– Bon ! Bon ! dit Confucius, puis il reprit : Grâce à leur cœur dur, les pins et cyprès peuvent rester toujours verts, été comme hiver.

Le petit garçon secoua la tête :

– Vous ne donnez pas la bonne raison, le bambou reste aussi toujours vert été comme hiver et pourtant il a le cœur creux.

Confucius, de plus en plus confus, se tut et écouta les dernières questions que l'enfant voulait lui poser.

– Combien y a-t-il d'étoiles dans le ciel ?

Confucius s'empressa de dire :

– Tout à l'heure, tu m'interrogeais sur ce qui se trouve sur terre, à quoi bon parler de ce qu'il y a au ciel !

Le petit garçon sourit :

– Comme vous voudrez, ne parlons pas du ciel… Combien y a-t-il alors de maisons sur la terre ?

Confucius s'impatienta :

– Ne parlons ni du ciel ni de la terre ! Parlons seulement des choses que nous avons devant les yeux !

Le petit garçon sourit :

– Comme vous voudrez, ne parlons que des choses que nous avons devant les yeux… Combien alors y a-t-il de poils dans vos sourcils ?

Confucius pâlit et soupira :

– Bon ! Bon ! Je ne parviens pas à te dépasser, ni en te posant des questions ni en répondant à celles que tu me poses. Je sais maintenant que l'on peut craindre un enfant. Veux-tu être mon Maître ?

L'enfant continua de jouer en silence sur la route et ne répondit pas.

Dong Yuan Za Zi, Canton, réimpression 1864,
British Museum.

Notre Cher Âne

Un père et son fils se rendaient chaque matin au marché pour vendre les produits de leur ferme. Ils partaient tôt le matin et chargeaient sur le dos de leur âne des paniers d'œufs, des corbeilles de plantes aromatiques et des hottes de légumes. Le père s'appelait Sun, le fils petit Sun et l'âne « Cher Âne » tout simplement.

Cet après-midi-là, Sun et petit Sun étaient très contents, ils avaient vendu tous leurs produits et prirent le chemin du retour. Cher Âne qui portait paniers, corbeilles et hottes vides se sentait tout léger et trottait devant Sun et petit Sun.

Sur le chemin des camélias, ils rencontrèrent une jeune femme qui faisait des bouquets. Quand elle vit passer Cher Âne, elle arrêta sa besogne et éclata de rire.

– Pourquoi vous moquez-vous de notre âne ? demanda petit Sun un peu en colère.

– Je ne me moque pas de votre bel animal, mais de vous, répliqua la jeune femme, comme c'est bête de marcher à côté d'un âne sans monter dessus !

– C'est vrai, vous avez raison, dit Sun, allez mon fils, monte sur Cher Âne !

D'un bond petit Sun fut en selle et trotta tandis que Sun marchait derrière.

Sur le chemin des fagots, ils rencontrèrent une vieille dame qui récoltait du petit bois. Quand elle vit passer Cher Âne, elle arrêta sa besogne et se mit en colère :

– Tu n'as pas honte, vilain petit garçon ! gronda-t-elle.

– Pourquoi grondez-vous mon fils ? demanda Sun un peu en colère.

– Vous êtes le plus âgé et il vous laisse

marcher derrière, c'est au père que revient le droit de monter sur cet âne !

– C'est vrai, vous avez raison, dit petit Sun, allez papa, monte à ma place sur Cher Âne !

Ainsi poursuivirent-ils leur route. Mais sur le chemin des papillons, ils rencontrèrent une petite fille qui chassait les papillons. Quand elle vit passer Cher Âne, elle arrêta sa besogne et se mit à taper des pieds :

– Oh ! je n'ai jamais vu une scène aussi cruelle. Vous êtes un père indigne, cria-t-elle à Sun.

– Pourquoi cries-tu après mon père ? demanda petit Sun un peu en colère.

– Comment ! Ton père n'a pas honte de monter sur l'âne tandis que tu restes à marcher derrière comme un pauvre orphelin !

– C'est vrai, elle a raison, dit Sun, allez mon fils, monte avec moi sur Cher Âne !

Petit Sun grimpa derrière son père.

Il n'avait pas encore atteint le chemin de leur maison que sur le chemin des rivières ils rencontrèrent une femme enceinte qui puisait de l'eau. Quand elle vit passer Cher Âne, elle arrêta sa besogne et se mit à leur crier dessus :

– Et vous ! Créatures sans cœur, vous ne vous rendez pas compte de ce que vous faites !

– Pourquoi nous criez-vous dessus ? demandèrent Sun et petit Sun un peu en colère.

– Deux hommes sur un âne, vous ne trouvez pas que c'est beaucoup trop lourd pour cette pauvre bête ? Vous allez le tuer !

– C'est vrai, elle a raison, dirent Sun et petit Sun, descendons immédiatement de Cher Âne.

Sur le chemin de leur maison, le père et le fils ne savaient plus comment avancer. S'ils ne montaient pas sur l'âne, on les traitait d'imbéciles, si petit Sun montait seul, c'était humiliant pour son père, si Sun montait seul, ce n'était pas respectueux pour son fils et s'ils montaient tous les deux, c'était incorrect pour l'âne.

– Comment pouvons-nous retourner chez nous avec Cher Âne sans que personne se moque de nous ? se demandèrent-ils.

Ils trouvèrent vite une solution. Petit Sun prit la tête de Cher Âne dans ses bras tandis que Sun le soulevait par les pattes. À petits pas, ils portèrent ainsi Cher Âne dans leurs bras jusqu'à leur porte où madame Sun les attendait pour dîner. Quand elle vit son mari et son fils, elle arrêta sa besogne et dit en riant :

– Qui a bien pu vous donner l'étrange idée de porter Cher Âne au lieu de monter dessus ?

– C'est une trop longue histoire ! soupirèrent Sun et petit Sun.

Dong Yuan Za Zi, Canton, réimpression 1864, British Museum.

Le vieil homme de la lune

Un jeune homme venait de réussir ses examens pour devenir juge. Il acheta une belle maison et chercha une jolie jeune fille qui pourrait partager son toit. Malgré son allure fière et son beau visage, le jeune homme, qui s'appelait Luo Feng, ne tombait jamais amoureux des jeunes filles qu'on lui présentait. Aussi décida-t-il de quitter sa ville natale pour voyager et rencontrer lui-même la femme de son cœur.

Un soir, alors qu'il venait de parcourir plus de cinq cents li [1] à cheval sans s'arrêter,

1. Un li équivaut à cinq cents mètres.

Luo Feng descendit de sa monture devant une auberge. De la cheminée s'échappait la bonne odeur d'une soupe chaude et mitonnée et, à travers les fenêtres, il vit de nombreux voyageurs boire et parler en riant. Ses recherches de jeunes filles l'avaient épuisé, aussi n'hésita-t-il pas un instant à pousser la porte de l'auberge. La pièce était remplie de clients et il ne trouva de place que dans un coin sombre, auprès d'un vieil homme qui lisait un gros livre.

– Puis-je me joindre à vous ? demanda Luo Feng.

– Je vous en prie, dit le vieil homme, asseyez-vous.

– Votre livre est bien épais ! C'est une longue histoire que vous lisez là !

Le vieil homme plissa les yeux et dit à voix basse :

– Je suis le vieil homme de la lune et voici le Livre des Mariages. Ne seriez-vous pas curieux de connaître le nom de votre future femme ?

Luo Feng fronça les sourcils, il ne savait pas s'il fallait croire les paroles du vieil homme.

– De la lune, expliqua ce dernier, je vois tous les petits garçons et toutes les petites filles qui naissent dans ce monde. J'écris leur nom sur ce livre. Puis, avec une cordelette rouge, j'unis les pieds de ceux qui sont destinés à se marier.

– Mon nom est donc écrit sur ce livre ? demanda Luo Feng.

– Certainement et celui de votre femme aussi, répondit le vieil homme en ouvrant son livre à la page mille six cent seize, elle s'appelle Lin Lei et elle est née il y a deux ans, au sud de Hang Zhou, dans une famille de jardiniers.

– Elle est née il y a deux ans ! s'écria Luo Feng, mais alors ce n'est qu'une fillette !

– Elle vous est destinée, répéta le vieil homme de la lune.

Il ferma son livre et au même instant disparut tel un fantôme.

Cette nuit-là, Luo Feng ne put s'endormir. Il ne cessait de penser aux paroles du vieil homme. Il devrait attendre au moins douze années avant de pouvoir épouser cette petite Lin Lei. Elle était née dans une famille de jardiniers, et lui était devenu mandarin. Luo Feng aurait préféré une jeune femme du même âge et du même rang que lui. Il décida de tuer la fillette. Aussi, dès que le jour se leva, il monta sur son cheval et se rendit d'une traite au sud de la ville de Hang Zhou. Il découvrit vite la petite maison où vivait en effet une famille de jardiniers.

Trois hommes travaillaient à rempoter des camélias. Au plus jeune, il demanda :

– Monsieur, est-ce que parmi vous

quelqu'un a une petite fille de deux ans ?

– Oui, mon frère a une petite fille de deux ans, mais il est parti pour la capitale vendre nos pots de fleurs.

– Est-ce que l'enfant s'appelle Lin Lei ? demanda Luo Feng.

– Oui, c'est bien son prénom.

Luo Feng le remercia et repartit au trot sur son cheval. Il fit le tour de la maison et entendit une petite fille appeler « Maman ». Toute seule au milieu de la cour, Lin Lei marchait d'un pas mal assuré. Luo Feng prit alors un clou du sabot de son cheval et l'enfonça dans la tête de Lin Lei, juste au sommet du crâne. Puis il s'enfuit, croyant que la petite fille était morte.

Cependant Lin Lei ne souffrit pas un instant de ce clou enfoncé dans sa tête et grandit jusqu'à ce que ses parents meurent. Auprès d'eux, elle avait appris à composer de merveilleux bouquets de fleurs, elle en vendait suffisamment pour se nourrir mais son cœur était rempli de chagrin depuis la mort de ses parents. Son sort émut la femme du préfet de la ville qui l'adopta comme sa fille. Elle l'éleva et lui apprit à peindre des fleurs et à écrire des poèmes. Plus Lin Lei grandissait, plus elle devenait belle et talentueuse. Bientôt, la femme du préfet songea à lui trouver un mari.

Pendant toutes ces années, Luo Feng n'avait trouvé aucune jeune fille à son goût. Il travaillait jour et nuit pour oublier sa solitude et écrivait des livres encore plus épais que celui du vieil homme de la lune. Souvent il pensait à Lin Lei et regrettait de l'avoir tuée.

Or le préfet qui avait lu et apprécié tous les livres de Luo Feng le fit appeler pour qu'il travaille avec lui. Ainsi Luo Feng vint habiter à Hang Zhou et, comme il était célibataire, il fut logé dans la maison du préfet. Au bout de trois jours seulement, Luo Feng et Lin Lei se rencontrèrent dans le jardin du préfet. Ils tombèrent amoureux l'un de l'autre aussitôt qu'ils échangèrent le premier regard. Lin Lei et Luo Feng étaient si beaux et si doués, l'un pour la peinture l'autre pour l'écriture, que tout le monde fut d'accord pour qu'ils se marient.

Dès lors, ils furent heureux et ne savaient qui remercier de les avoir fait se rencontrer. Luo Feng regretta d'avoir cru aux paroles du vieil homme de la lune jusqu'à ce que sa femme lui dise qu'elle avait souvent mal à la tête. Lin Lei prit toutes sortes de médicaments mais le mal la faisait souffrir de plus en plus. Tourmenté par la peine de sa femme, Luo Feng appela le médecin le plus réputé de la ville pour la guérir.

« Appliquez ce baume sur votre tête et je reviendrai vous voir dans deux jours », avait dit le médecin.

Luo Feng ne pensait pas qu'un mal de tête aussi grave puisse être guéri avec un remède aussi simple… pourtant au bout d'un jour à peine, alors qu'il caressait les cheveux de son épouse, il sentit une pointe lui piquer le doigt. Délicatement, il sépara la chevelure de Lin Lei en deux mèches et tira lentement sur l'étrange objet. Un clou, c'était un clou ! Et Luo Feng reconnut le clou qu'il avait enfoncé dans la tête de Lin Lei.

Depuis ce jour, Lin Lei ne souffrit plus de maux de tête et connut un bonheur parfait avec son mari.

Chaque soir, ils ne manquaient pas de saluer la lune et de caresser à leurs pieds l'invisible cordelette rouge.

Taiping Guangji, Pékin, 1959.

Lexique chinois

Retrouvez en caractères chinois les noms et les mots importants de chaque conte.

Le Bouvier et la Tisserande

Le Bouvier : Niu Lang 牛郎

La Tisserande : Zhi Nu 織女

Fleur de Prunier : Mei Hua 梅花

Le Seigneur aux Dix Mille Grains de Riz : Wan Mi Jing Zhi Jun 萬米精之君

Jade de Printemps : Chun Yu 春玉

La Reine-Mère du Ciel : Tian Muwang

天母王

Les éventails de Su Dongpo

Su Dongpo 蘇東坡

Les éventails : Shan Zi 扇子

La peinture : Hua 畫

La poésie : Shi 詩

L'encre : Mo 牛郎

Le paysage : Shan shui 山水

Le juge interroge un rocher

Goutte du Rocher : Shi Di 石滴

L'huile de sésame : Ma You 麻油

Mener une enquête : Tiao cha 調查

Une sapèque : Tong Qian 銅錢

Le voleur : Xiao Tou 小偷

Inséparables

Ying 櫻

Dong 東

Les Inséparables : Fen Bu Kai Niao

分不開鳥

Le ministre des Mers : Hai Chen 海臣

Le mouchoir : Shou Jin 手巾

Le jeune maître de Confucius

Confucius : Kong Zi 孔子

L'enfant-sage : Shen Tong 神童

Le monde : Shi Jie 世界

Le ciel : Tian 天

La terre : Di 地

Le soleil : Ri 日

La lune : Yue 月

Notre Cher Âne

Le père : Fu 父

Le fils : Er Zi 兒子

L'âne : Lu 驢

Le chemin des fagots : Mu dao 木道

Le chemin des papillons : Hu Tie Dao

蝴蝶道

Le chemin de la maison : Jia Dao 家道

Le vieil homme de la lune

Le vieil homme de la lune : Yue Xia Lao Ren

月下老人

Luo Feng 落鳳

Le Livre des Mariages : Hun Shu 婚書

Lin Lei 琳蕾

La cordelette rouge : Hong Sheng

紅繩

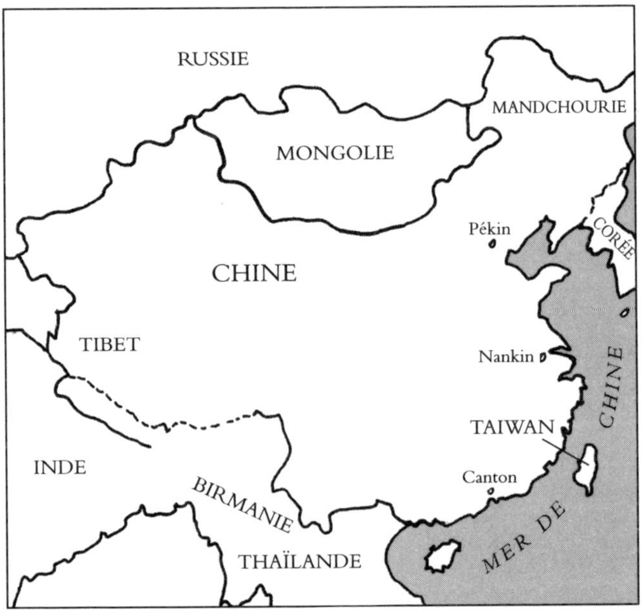

La Chine et ses voisins

Table

D'autres contes dans la collection *Neuf*
à *l'école des loisirs*

Contes afro-américains
Frère Lapin prend le frais

Contes allemands
L'eau de la vie

Contes de la Caraïbe
Oryou et le pêcheur

Contes géorgiens
Natsarkékia

Contes indiens (États-Unis)
La jeune fille qui épousa un ours

Contes italiens
Moitié de garçon

Contes du Liban
La femme-chatte

Contes sibériens
Le renne du soleil

Contes yiddish
De Chelm à Varsovie